APRENDIZ DE CABALLERO

Vivian French David Melling

LOS DRAGONES NO SABEN NADAR

EDELVIVES

Traducido por Diego de los Santos
Título original: *Knight in training. Dragons can't swim*

Publicado por primera vez en el Reino Unido
por Hodder Children's Books en 2015

© Hodder Children's Books, 2015
© De esta edición: Grupo Editorial Luis Vives, 2017

Edelvives Talleres Gráficos. Certificado ISO 9001
Impreso en Zaragoza, España

ISBN: 978-84-140-0634-4
Depósito legal: Z 1641-2016

Para el único e incomparable señor Melling, con cariño
V. F.

Para Leo-Branko Sunajko
D. M.

Godfrey

Sam J. Butterbiggins
y Dandy, el pájaro garabato

El pozo

Prunella

Tío Archibald

Tía Eglantine

ÍNDICE

UN DESAYUNO
PESADO

Diario de Sam.
Privadísimo.
Prohibido leer.

TINTA

Querido diario:

Mi mayor deseo es cambiarme el nombre.

Porque lo segundo que más deseo (y que es más importante aún que lo primero) es convertirme en un noble caballero; y no conozco a ningún noble caballero que se llame Sam.

Sam suspiró y se quedó mirando al pájaro garabato que estaba a su lado.

—No es justo, Dandy. Mamá se llama Oleander-Breeze y papá se llama Fitzwulliam-Wulliam. ¿No se les podría haber ocurrido algo mejor que «Sam» para mí? Lord Sam Butterbiggins no suena a noble para nada.

El pájaro garabato le dedicó una mirada comprensiva.

—¿Qué tal Gilderoso el Magnífico? —preguntó Sam.

El pájaro garabato se rascó la cabeza, pero no parecía tener una opinión al respecto. Sam chupó la punta de la pluma y continuó con su lista.

Tercer deseo: quiero ser un noble caballero de armadura plateada y corcel blanco como la nieve. (Vamos, el típico caballo de los nobles caballeros).

Cuarto deseo: vivir aventuras. Si me cambio de nombre, estoy seguro de que...

¡¡¡Talán talán, talán talán, talán talán!!!

A Sam se le cayó la pluma al oír la campana del desayuno. Bajó de la cama de un salto. La tía Eglantine hacía mucho hincapié en que todo el mundo debía acudir puntual a las comidas. El primer día de su estancia en el Castillo Mothscale, Sam intentó explicarle que su habitación se encontraba en la torre más alta, así que debía recorrer más distancia para llegar al comedor que los demás, pero tía Egg no le había hecho ni caso.

—La mala educación, Samuel, solo se les consiente a los cerdos.

—¿Y qué pasa con las ovejas? —cometió el error de preguntar Sam.

Tía Egg lo miró fijamente.

—Samuel, espero que no seas un niño DIFÍCIL. Cuando le dije a tu querida madre que podías quedarte aquí, no esperaba un muchacho DIFÍCIL.

—Lo siento, tía Egg. —Samuel no tenía intención alguna de ser difícil, y desde entonces intentó por todos los medios llegar a tiempo a las comidas.

PLAN para llegar puntual a las comidas:

1. ¿Deslizarme por la barandilla? X
No hay barandilla. Puede que la hubiera en algún momento, pero ahora solo hay una cuerda. No quiero que me salgan ampollas.

2. ¿Saltar en paracaídas por la ventana? X
No tengo paracaídas. Juraría que a
la tía Egg no le haría mucha gracia que
usase las sábanas. El pájaro garabato
me aconseja que NO utilice un paraguas.

3. ¿Bajar los escalones de seis en seis? X
Son demasiados. El pájaro garabato
piensa que no es buena idea que
la tía Egg vea mis pantalones
destrozados.

4. ¿Bajarlos
de tres en tres?
¡SÍ! ¡ACEPTADO!

Después de una semana en el Castillo Mothscale, a Sam se le daba mucho mejor saltar los doscientos cincuenta y dos escalones, pero hoy se paró a mitad de escalera. Había estado dándole vueltas a posibles nombres caballerescos y acababa de ocurrírsele una idea brillante.

—¡ESO ES! —exclamó, y dio un puñetazo al aire. Entonces volvió a la realidad, bajó hasta el salón y tomó asiento sin perder un segundo.

Tío Archibald leía su *Palacio News,* la prima Prune comía sus cereales y salpicaba leche aquí y allá, y tía Eglantine trataba (sin mucho

éxito) de enseñar a un dragón muy pequeño a comportarse en la mesa.

—Buenos días, tía Egg —la saludó Sam. A su tía le gustaba que fuese educado—. Estaba pensando en cambiarme el nombre. ¿Podrías llamarme desde ahora Roldán, el Valeroso?

La tía Egg ni se molestó en levantar la vista.

—Tonterías, Sam. Tu nombre es estupendo.

Y llegas tarde. Cómete los cereales. Hoy no hay gachas. ¡Godfrey! —gritó la tía Egg—. ¡No! —Y bajó de la mesa al pequeño dragón, que trataba de lamer la mermelada del plato del tío Archibald.

—¿Y Vulcano, el Indestructible? —insistió
Sam, esperanzado.

—¿VULCANO? —Prune se echó a reír—.
¿Qué clase de nombre es ese?

Sam estiró el brazo para alcanzar la leche.

—Me parece un comentario curioso viniendo
de ti, que te llamas Prune —contestó.

—Es el diminutivo de Prunella, idiota
—respondió Prune enfadada. Y lanzó a Sam
un panecillo que alcanzó a Godfrey. El dragón
soltó un grito y se cayó de la silla.

—¡Haced el favor, niños! —se enfureció
tía Egg—. ¡La reina Josephine espera
que le devuelva este dragón en perfectas

condiciones! ¿Qué dirá si regresa a casa con un ataque de nervios?

—Lo siento, tía Eglantine —murmuró Sam.

Prune puso mala cara.

—No sé por qué han de quedarse aquí esos estúpidos dragones.

Se oyó un chillido de protesta debajo de la mesa.

La tía Egg se levantó roja de ira.

—¡Princesa Prunella! Sabes de sobra…, o deberías saberlo si nos prestases un poco de atención, que tu padre y yo sufrimos una severa escasez de fondos.

Prune puso cara de perplejidad.

Sam carraspeó.

—¡Que no tienen un euro! —le susurró.

La tía Eglantine lo fulminó con la mirada.

—Si no ofreciésemos aquí un Alojamiento Vacacional de Lujo para Dragones, Grifos y otras Criaturas Regias, te aseguro que tu vida NO resultaría tan cómoda, Prunella.

Prune soltó una risilla.

—¿Y qué pasa con nuestro querido Sam el plasta? ¿También es una criatura regia?

La tía Egg ahora intentó fulminar a Prune, pero no lo consiguió. Prune se quedó sin fulminar.

—Los padres de Sam se han marchado a una importante gira promocional. Si tu padre y yo tuviéramos que irnos, te mandaríamos con la tía Oleander-Breeze y el tío Fitzwulliam-Wulliam. En fin, me voy a acicalar a los grifos. *Lady* Stickle va a pasar a recogerlos y quiero que estén impecables. Prunella, espero que vigiles a Godfrey. ¡Y no le dejes salir!

Mientras su madre abandonaba el salón con aire majestuoso, Prune blandió la cuchara.

—Nunca me quedaría en tu casa, Sam Butterbiggins. —Puso los ojos en blanco para fingir que le horrorizaba la idea—. ¡Jamás!

Vives en un castillo cutre. Ni siquiera tiene puente levadizo.

—¡Claro que sí! —dijo Sam indignado.

—¡Claro que no! —Prune se cruzó de brazos.

Sam se levantó, tropezó con Godfrey y subió los doscientos cincuenta y dos escalones que lo llevaban de vuelta a su habitación como si cargase una losa. Se dejó caer en el suelo y cerró dando un portazo.

¿DÓNDE ESTÁ GODFREY?

Hace frío, hay una humedad tremenda y lo único que se ve desde mi ventana son hectáreas y más hectáreas de un bosque espeluznante.

A veces oigo aullidos. Seguro que son lobos.

No soporto estar aquí.

Prune es la prima más odiosa del mundo.

No olvidar: escribir una postal a mamá y papá INSISTIENDO en que me saquen de aquí. Les diré que me ha salido un sarpullido. Podría colar. Prune es tan insufrible como para provocarte uno.

—Yo NO vivo en un castillo cutre —masculló
mientras escribía—. ¡Es MUCHÍSIMO
más acogedor que este antro
de mala muerte!

El pájaro garabato
estornudó y salpicó
de tinta el diario de Sam.

—¡CROO! —exclamó batiendo un ala, y miró
a Sam disculpándose—. ¿CROO, CROO, CROO?

Sam sacó un pañuelo mugriento e intentó
limpiar el estropicio. El resultado fue aún peor.

—¡Uy! A mamá no le va a hacer ninguna
gracia. Me repitió una vez y otra y otra y OTRA
que mantuviera impecable mi diario. —Soltó
un suspiro—. Quiere saber absolutamente
todo lo que hago mientras están fuera. —Se le
pasó una idea por la cabeza y miró al pájaro
garabato—. ¿Crees que debería contarle que
Prune ha dicho que nuestro castillo es cutre?

—¿CROO, CROO, CROO? —El pájaro garabato
ladeó la cabeza y Sam sonrió.

—Vaaale…, a lo mejor no debería escribirlo TODO.

Levantó la vista y contempló los retratos que colgaban sobre su cama. Sus padres, lord Fitzwulliam y *lady* Oleander Butterbiggins, le devolvieron una mirada maliciosa.

La artista, amiga de *lady* Oleander, solía pintar cuadros de hortalizas, y en esta ocasión había hecho lo que había podido. Mientras observaba aquellas dos patatas tocadas con unas coronas ladeadas, se preguntó si sus padres se habrían llevado algún retrato suyo. Suponía que no.

Volvió a suspirar.

—Yo solo quiero vivir una aventura, Dandy. En realidad quiero vivir un montón de aventuras y, si triunfo, seré nombrado caballero. Eso es lo que más deseo en el mundo.

¡¡PAM, PAM, PAM, PUUUUMM!!

Dandy levantó el vuelo, dejando una estela de plumas y volcando el tintero. Sam corrió a abrir la puerta. Al otro lado estaba Prune. Sam puso los ojos como platos al verla: estaba cubierta de barro y traía cara de pocos amigos.

—¿Qué...? —empezó a preguntar.

Prune dio un pisotón en el suelo; del zapato emanó un chorro de agua. El pájaro garabato corrió a protegerse a lo alto del armario.

—¡Por TU CULPA! —bramó—. ¡Es por TU CULPA y te toca arreglarlo!

Sam la miró desafiante.

—¡No pienso arreglarte nada, princesa Prune! ¡Dijiste que mi castillo era cutre!

Prune cruzó la habitación chapoteando y se desplomó sobre la cama de Sam.

—Y lo es, pero lo negaré si me ayudas a sacar a Godfrey del pozo.

—¿Godfrey? —preguntó Sam sin entenderla—. ¿Quién es Godfrey?

Prune cogió la almohada de Sam y se la lanzó.

—¡No seas TONTO! Godfrey es el dragón con el que has tropezado cuando te largaste enfurruñado del comedor. ¡Tú tropezaste con él, yo me reí, él se enfadó MUCHÍSIMO y salió volando por la ventana! ¡Ni siquiera sabíamos que podía volar! Papá dejó de leer el periódico y me dijo: «¡Prunella, esto sí que no! Ve a buscar a esa criatura antes de que vuelva tu madre. ¡Inmediatamente!».

Prune imitaba tan bien al tío Archibald que Sam no pudo evitar sonreír.

—¿Y qué hace Godfrey en un pozo? —preguntó.

Por primera vez, Prune parecía incómoda.

—Eh... Pues intenté atraparlo, pero él se alejó aleteando, así que corrí tras él y... me resbalé. Godfrey se puso a GRAZNAR, como si verme totalmente embarrada fuera

graciosísimo, le grité, salió disparado y, como
no miraba por dónde iba, ¡se cayó en el pozo
del jardín de mamá! —concluyó, y bajó de
la cama—. ¡Tenemos que ayudarlo a salir!
¡VAMOS!

—Espera… —contestó Sam rascándose la
cabeza—. ¿Por qué no puede salir volando?

El pájaro garabato tosió.

—¡CROO! ¡CROO, CROO, CROO, CROO!

Prune levantó la vista.

—¿Qué es ESO?

—Es Dandy, mi pájaro garabato. —Sam
saludó a Dandy con la mano—. Dice que los
dragones no saben volar hacia arriba.

Prune resopló.

—¿No? ¿Y ÉL cómo lo
sabe?

—Él sabe muchas
cosas —aseguró
Sam, frunciendo el
ceño—. Más que
tú, seguro.

—¡Si es tan listo, pregúntale cómo podemos sacar a Godfrey! —le lanzó Prune.

—CROO, CROO —contestó el pájaro garabato negando con la cabeza—. ¡CROO!

Sam miró a su prima.

—Dice que me debes una disculpa por decir que nuestro castillo es cutre, y que luego ya...

—¡CROO! —El pájaro garabato parecía indignado. Prune no pudo contener una risilla.

—¡No ha dicho nada de eso!

Sam le devolvió la sonrisa a regañadientes.

—Bueno, pero sí que ha dicho que podría ser difícil sacarlo de ahí.

—¡Entonces TIENES que ayudarme! Si no lo hacemos, papá se va a enfadar MUCHO. Me ha advertido... —Prune tragó saliva— ... que si no traigo de vuelta

a Godfrey antes de que mamá se entere de que
ha desaparecido, se llevará a Weebles. ¡Y yo no
podría SOPORTARLO!

—¿Quién es Weebles? —preguntó Sam.

Prune lo agarró del brazo y tiró de él hacia la
puerta.

—Mi poni. ¡VENGA! ¡Si vienes, te llamaré
Roldanosequé!

A Sam se le pasó por la cabeza una idea increíble. ¡Rescatar a Godfrey sería una buena obra! ¡Y los caballeros se dedicaban a realizar buenas acciones!

¿Sería aquella su primera aventura?

—¡VALE! —respondió.

Sam bajaba la escalera detrás de Prune
más contento de lo que había estado en toda
la mañana. Se imaginaba a un orgulloso tío
Archibald dándole una palmada en la espalda
con un: «Buen trabajo, jovencito. ¡Eres digno
de ser un caballero! Te voy a ofrecer...».

El auténtico tío Archibald interrumpió
la ensoñación de Sam. Se encontraba al pie
de la escalera y NO parecía orgulloso en
absoluto.

—¿Prunella? ¿Has encontrado ya a ese
dragón? ¡Cuéntame! Tu madre no va a
tardar en volver... Te avisé: ¡sin dragón no
hay Weebles! Ya hemos tenido una mañana
suficientemente complicada. La cocinera ha
sido incapaz de encender el horno, y nos
hemos quedado sin tostadas —argumentó el tío

Archibald—. ¡Y sin gachas! No hace falta decirte cuánto le gustan a tu madre sus gachas… No podemos permitir que vuelva a enfadarse.

—Tranquilo, papá —contestó Prune, y Sam la miró sorprendido—. Godfrey está atrapado para impedir que se escape. Sam me va a ayudar a buscarle algo de comer.

—¡Bien, bien! Me complace oírlo —dijo el tío Archibald asintiendo enérgicamente con la cabeza, y echó a andar majestuosamente hacia su despacho con el periódico bajo el brazo.

Sam tiró de la manga de Prune.

—¿Por qué le has dicho eso?

Prune lo miró con cara avinagrada.

—Bueno, está atrapado, ¿no? No puede salir del pozo. Lo ha dicho tu pájaro garabato. ¡No seas tonto!

Sam no contestó. Se limitó a seguir a Prune fuera del castillo mientras murmuraba para sus adentros:

—¡Es ODIOSA! Si no deseara tanto convertirme en un noble caballero, me… ¡me volvería a la cama ahora mismo!

En el exterior había un patio y, más allá, un pasadizo abovedado y un camino que conducía al jardín y al huerto de la tía Egg. Sam comprendió por qué se había resbalado su prima; había llovido toda la noche. Cuando llegaron al pozo, Sam llevaba los zapatos cubiertos de barro.

La tía Egg había puesto alrededor del pozo macetas con geranios, espuelas de caballero y unos cuantos gnomos de jardín. Le gustaba pensar que el resultado era una obra de arte, y así lo señalaba en sus folletos publicitarios. Seguro que no le habría hecho muy feliz ver a su hija apartando un par de macetas y quitando de en medio a uno de sus gnomos.

—Godfrey está ahí —anunció Prune—. Solo tienes que bajar y sacarlo.

Sam no se movió, y Prune le dio un empujón.

—¡Vamos!

Sam respiró hondo.

—Ni hablar. Bueno, a menos que empieces a ser un poco más simpática. Piensas que soy tonto, pero te DIRÉ algo: eres una maleducada y, además, odiosa.

Se hizo un largo silencio, y Prune se quedó mirándolo.

—¿Qué? —preguntó Sam cruzándose de brazos—. ¿Vas a pedirme perdón?

Dos lagrimones cayeron por la mejilla de Prune seguidos de un sonoro hipido.

—Mamá siempre está ocupada con sus ridículos animales y papá siempre está leyendo el periódico. Weebles es el único que se preocupa por mí. ¡NO PUEDO perder a Weebles!

—Pues intenta ser un poco más agradable —atajó Sam, y soltó un suspiro. Se asomó al pozo a echar un vistazo. Estaba oscuro, y al principio no consiguió ver nada. Poco a poco empezó a distinguir hierbajos y agua turbia en el fondo. No había ni rastro de Godfrey, pero mientras escrutaba la oscuridad, Sam oyó un estornudo. Se asomó un poco más y vio que, allí donde faltaban varios ladrillos, el pequeño dragón había encontrado un hueco en el que agazaparse. Lo único que dejaba ver era la cola.

—¡Ahí está!

Prune acudió al lado de Sam.

—¿Podemos bajar?

Sam miró las paredes, verdes y viscosas. Ni rastro de una escala.

—Necesitamos una cuerda. ¿La tía Egg no utiliza el pozo para regar las flores? Pensaba que todos los pozos tenían un cubo y una cuerda.

—Creo que Higgins es quien se encarga de regar —le informó Prune negando con la cabeza—. Pero a él no se lo podemos preguntar; ¡se lo contaría a mamá!

Sam entornó los ojos y miró hacia la oscuridad.

—¡Godfrey! —gritó—. ¿Me oyes?

Se oyó un ruido, como si alguien se moviese a tientas. Godfrey asomó la cabeza, levantó la vista, miró a Sam y profirió un bufido quejumbroso.

—TRANQUILO —lo calmó Sam—. ¡Vamos a rescatarte!

Godfrey soltó otro chillido y se acercó un poco más al borde. Un enorme trozo de ladrillo se desprendió de la pared y cayó al agua con un sonoro

«¡PLOP!». El pequeño dragón, asustado,
volvió a graznar y se metió de nuevo en su
escondite.

—¡Está en peligro! —gritó Prune,
horrorizada.

—Debe quedarse quieto —afirmó Sam—.
Dandy, ¿los dragones saben nadar?

Dandy se mostró indeciso.

—CROO, CROO, CROO.

—Cree que no —tradujo Sam.

El pájaro garabato se subió
de un salto al pretil del pozo.

—¿CROO, CROO?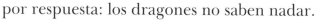
—preguntó.

Hasta Prune supo
interpretar el significado
del aullido que oyeron
por respuesta: los dragones no saben nadar.

Al chillido le siguieron unos cuantos
estornudos. Prune no pudo reprimir su angustia.

—¡Se está resfriando! ¡Lo que faltaba!
¡Vamos, Sam! ¡Piensa algo! —Prune se
frotó los ojos y se dejó la cara llena de
manchurrones de barro—. ¡Hay que sacarlo
de ahí! ¡POR FAVOR, Sam!

A Sam lo invadió una agradable sensación
de bienestar. Prune había dicho «por favor»;
estaba claro que lo necesitaba DE VERDAD.
¡Y él, Sam J. Butterbiggins, iba a ayudarla!

Sam se irguió y sonrió a su prima.

—Tranquila, voy a...

—¡¡¡CROOO!!! —El pájaro garabato se posó en el hombro de Sam—. ¡CRO, CRO, CROO!

—¡HALA! —exclamó Sam con una sonrisa de oreja a oreja—. ¡Qué idea tan GENIAL! Espérame aquí, Prune. No dejes que Godfrey se mueva. ¡Cántale o haz lo que se te ocurra! ¡Enseguida vuelvo!

Sam se marchó corriendo a toda prisa mientras Prune veía cómo se alejaba.

—¡CROO! —dijo el pájaro garabato. Y la miró ladeando la cabeza—. ¿CROO?

—No te entiendo —contestó Prune—. Pero si me preguntas si estoy bien, la verdad es que no.

¡CUÉNTAME!

Sam salió a toda prisa del jardín, atravesó el patio, cruzó el puente levadizo y entró en el castillo. Sus pasos retumbaron en el vestíbulo y subió los escalones de tres en tres hasta llegar al rellano que conducía a la torre y a su habitación.

—¡BIEN! —exclamó.

Agarró la cuerda que utilizaban como barandilla. Estaba atada a una enorme anilla de hierro, pero Sam no tenía tiempo para

desatar nudos. Tiró con fuerza de la cuerda y esta se soltó

de la pared acompañada de una lluvia de polvo y arañas. Se la enrolló al hombro y subió corriendo por la escalera de caracol hasta llegar a lo más alto. Tiró del otro extremo para intentar desasirlo, pero ¡nada! Por mucha fuerza que hiciera, la anilla de hierro no se movía. Intentó desatar el nudo, pero le fue imposible. Años y años de uso habían convertido los ramales en una masa sólida y grasienta.

—¡Ratas! —exclamó Sam. Entró corriendo en su habitación y se asomó a la ventana—. ¡Dandy! —gritó—. ¡Te necesito!

Se oyó un aleteo y el pájaro garabato aterrizó a su lado.

—¿CROO?

—¿Puedes deshacer este nudo? —preguntó Sam—. O si no, ¿se te ocurre cómo cortar la cuerda? ¡No puedo desengancharla de la pared!

El pájaro garabato cruzó la habitación dando saltitos y miró fijamente el nudo. Después, con media docena de picotazos, lo redujo a unas cuantas hebras.

—¡BRAVO! ¡Gracias, Dandy!

Sam agarró la cuerda con un grito de triunfo y echó a correr hacia la escalera, bajó los escalones de tres en tres y aterrizó sobre los últimos, se levantó y salió disparado hacia la puerta principal, donde lo detuvo la imponente barriga del tío Archibald.

—¡Alto ahí, amiguito! ¿A qué viene tanta prisa? —preguntó su tío, agachándose hacia él y mirándolo con atención—. Tú eres el sobrino de Egg, ¿no? ¿Cómo te llamabas?

Sam parpadeó.

—Eh… Sam, señor. Sam Butterbiggins.

—Butterbiggins, ¿eh? El tío Archibald lo miró con desaprobación—. ¿No serás pariente de esa vieja bruja de Oleander-Breeze?

—Eh… sí —contestó Sam—. Es mi madre.

—Ah, bueno. Qué se le va a hacer —concluyó el tío Archibald, y le dio una palmadita en la cabeza para consolarlo—. Te lo estás pasando bien aquí, ¿verdad? ¿Estáis jugando a algo? ¡Cuéntame!

Sam escondió la cuerda detrás de la espalda e hizo lo que pudo por sonreír.

—Sí, tío Archibald. Me lo estoy pasando de maravilla. Estamos jugando a... —comenzó, y tragó saliva. ¿Qué podía decir? Entonces le vino la inspiración—. ¡Al escondite!

—Conque al escondite, ¿eh? —Su tío arqueó las cejas—. Cuando yo era joven, jugábamos a ser caballeros. Unas veces competíamos en una justa, otras buscábamos dragones... Supongo que a los jóvenes de ahora no os interesan esas cosas.

—¡Por supuesto que SÍ! —respondió Sam con los ojos centelleantes—. Tío Archibald, ¿crees que algún día podría convertirme en un caballero de verdad?

—¿Cómo dices? —El tío Archibald se llevó una mano al oído, como si no pudiese creer lo que acababa de escuchar—. ¿Tú quieres ser un caballero?

—Más que nada en el mundo —contestó Sam—. Pero no sé qué tengo que hacer. ¿Puedes decírmelo?

El tío Archibald se acarició la barbilla.

—Deberás seguir las reglas, jovencito, igual que hacíamos nosotros: seguir las reglas. ¡Eso es lo que tienes que hacer!

—¿Reglas? ¿Qué reglas?
¿Hay unas reglas? ¿Dónde
puedo encontrarlas?
¿Dónde están? ¡Por favor,
dímelo! ¡POR FAVOR! —le
suplicó Sam.

—Ejem —carraspeó el
anciano, y suspiró—. Eso sí que
va a ser un problema. Se han
perdido. Han desaparecido.
No sé dónde están. Pero,
si quieres, puedo decirte la
primera...

—¡Claro! —contestó
Sam—. ¡Me ENCANTARÍA!

—Encuentra un fiel
compañero —sentenció
el tío Archibald, mientras
sonreía a su sobrino—.
Esa es la primera regla.

—Un fiel compañero —repitió Sam—.
Descuida, lo haré. —Vaciló un poco, pero

enseguida continuó—: Supongo que no te acordarás de la siguiente.

Su tío no contestó. Miraba a lo lejos con una sonrisa de felicidad en su bigotuda cara.

—¡Qué tiempos aquellos! Yo jugaba con mi hermano. Claro que, al crecer, descubrimos que una armadura era algo horriblemente incómodo y terriblemente pesado. Los duendes y los gigantes eran muy astutos; no jugaban limpio. ¡Diantre! Recuerdo que…

Su voz se fue apagando. Sam contenía la respiración por la emoción.

—¿Sí? —susurró.

El tío Archibald reaccionó y volvió al presente.

—No, no. No querrás oír hablar de los… los viejos tiempos —concluyó, y miró por encima del hombro con aire de culpabilidad—. A Egg no le gusta que hable de esas cosas. Dice que debemos vivir en el presente. ¡Y no le falta razón! Tu tía Eglantine siempre tiene razón. ¡Es una mujer espléndida! Puedes irte, joven… ¿Cómo dices que te llamas?

—Sam.

Sam hizo una mueca cuando su tío le dio una enérgica palmada en la espalda.

—¡Por supuesto! Puedes ir a jugar, joven Sam. ¿Prune ha atrapado ya a ese dragón?

Sorprendido por la repentina pregunta, Sam dio un respingo.

—No. ¡Quiero decir, sí! Lo hemos encontrado en el jardín.

Sam pensó que, al menos, eso era cierto, totalmente cierto; aunque aún no lo hubiesen capturado.

—Buen trabajo. ¡Adelante! ¡Seguid así! —exclamó el tío Archibald, y se alejó a grandes zancadas.

Sam respiró hondo y se fue en dirección al pozo.

—Voy a ser caballero —repitió para sus adentros—. Ojalá encontrase las reglas. ¡Necesito un fiel compañero! ¿Valdrá el pájaro garabato? Es mi mejor amigo, pero ¿sirven los pájaros?

Sam oyó a Prune antes de verla: cantaba *Brilla, brilla, estrellita* con un sonsonete poco melodioso. Cuando llegó Sam, Prune se llevó un dedo a los labios.

—Godfrey se ha dormido —susurró—. No paraba de moverse y de tirar trozos de ladrillo al agua, así que le he cantado una canción para que se durmiese.

—Buena idea —dijo Sam.

—Pues claro —contestó Prune pagada de sí misma, y miró a Sam con atención—. A ti se te ve contento. ¿Qué has estado haciendo?

Sam se puso muy nervioso. ¿Debía hablarle a Prune de su conversación con el tío Archibald? Pero eso supondría contarle que quería convertirse en caballero, y seguro que se reiría de él.

—Eh... ¡Traigo la cuerda!

—Algo tramas —afirmó Prune, aunque no hizo más preguntas.

Sam, aliviado, desenrolló la cuerda y buscó algún sitio donde atarla. La mejor opción parecía un árbol cercano. Se tomó su tiempo para asegurar el nudo. Luego, metro a metro, con cuidado de no salpicar, fue introduciendo el extremo libre en el pozo.

—Creo que es seguro —afirmó, tirando de la cuerda—. ¿Bajas a por él? A ti te conoce mejor que a mí.

Antes de que Prune pudiera responder, el pájaro garabato levantó un ala en señal de advertencia.

—¡CROO, CROO, CROO!

—Oh —exclamó Sam con perplejidad, y frunció el ceño—. Es verdad.

Se volvió hacia Prune.

—¿Cómo vamos a sujetar a Godfrey y a subir por la cuerda a la vez?

—Si tuviésemos una bolsa, podrías colgártela —propuso Prune—. Espera, voy a buscar en el cobertizo de las herramientas de Higgins

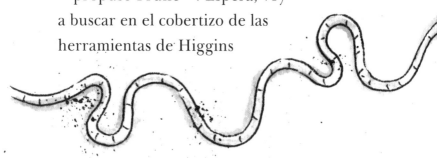

—añadió, y se marchó mientras Sam se quedaba sujetando la cuerda.

—¡Uf! —le dijo Sam al pájaro garabato—. ¿Te has fijado? Ha dicho «PODRÍAS colgártela». Está claro que ella no piensa ir.

Dandy ladeó la cabeza.

—CROO, CROO, CROO, CROO, CROO.

—¿En serio? ¿Que a Godfrey no le cae bien? ¿Por qué? —preguntó Sam.

—CRO —explicó el pájaro garabato—. CRO, CROO.

Sam sonrió.

—¿Porque se ha reído de él? A mí tampoco me gusta que se ría de mí, pero ¿sabes una cosa?: no es tan mala como pensaba.

—¿Quién no es tan mala como pensabas? —preguntó Prune, que había regresado por la hierba embarrada sin hacer ruido, y ahora lo miraba con desconfianza—. ¡Espero que no te refieras a mí!

—Eh... claro que no —mintió Sam.

Prune decidió concederle a su primo el beneficio de la duda.

—Supongo que habrá que creerte. Toma la bolsa. He elegido la de asas más largas. —Y le dio a Sam una enorme bolsa verde que olía a cebolla.

—¡Puaj! —exclamó Sam arrugando la nariz—. ¿Crees que Godfrey va a querer meterse aquí dentro?

—¿Por qué no? —preguntó Prune—. Querrá que lo salvemos…

—Sí, pero no es muy espabilado, ¿no? —Sam volvió a olisquear la bolsa—. El olor podría hacerle cambiar de idea.

—Solo hay un modo de averiguarlo —atajó Prune.

Antes de que pudiese avanzar la discusión,
el pájaro garabato, posado en el pretil del pozo,
profirió un sonoro chillido.

—¡CROOO! —exclamó alarmado—.
¡CROOO, CROOO, CROOO!

Sam y Prune acudieron corriendo y vieron
a Godfrey balancearse en el borde del saliente.
El dragón resoplaba muy enfadado. Mientras
contemplaba con rabia los rostros preocupados
que lo observaban desde arriba, unas diminutas
nubes de humo emergían de su nariz.

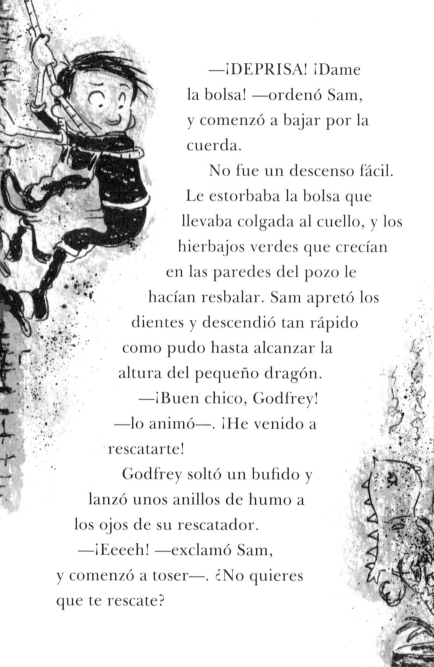

—¡DEPRISA! ¡Dame la bolsa! —ordenó Sam, y comenzó a bajar por la cuerda.

No fue un descenso fácil. Le estorbaba la bolsa que llevaba colgada al cuello, y los hierbajos verdes que crecían en las paredes del pozo le hacían resbalar. Sam apretó los dientes y descendió tan rápido como pudo hasta alcanzar la altura del pequeño dragón.

—¡Buen chico, Godfrey! —lo animó—. ¡He venido a rescatarte!

Godfrey soltó un bufido y lanzó unos anillos de humo a los ojos de su rescatador.

—¡Eeeeh! —exclamó Sam, y comenzó a toser—. ¿No quieres que te rescate?

Godfrey soltó otro bufido. Un trozo de
ladrillo se desprendió bajo sus pies; el dragón
chilló aterrorizado y dio un paso atrás.
Al apartarse, Sam vio que lo que Prune
y él habían tomado por
un hueco en la pared,
era en realidad el
acceso a un espacio
más profundo. La
disposición de los
ladrillos dejaba
claro que se había
construido con
algún propósito.

—¿Será un
escondite secreto?
—se preguntó Sam en voz alta—. ¿Cómo voy
a sacar a Godfrey? Se ha acurrucado al fondo,
y no creo que mi brazo sea lo bastante largo
para alcanzarlo.

—¿Lo has cogido ya? —preguntó Prune
desde arriba.

Sam negó con la cabeza, pero enseguida se dio cuenta de que su prima no podía verlo en la oscuridad.

—¡No! ¡Creo que no quiere que lo rescaten!

—¿Cómo? —preguntó Prune, incrédula—. ¡Por supuesto que quiere que lo rescaten!

Sam volvió la vista a Godfrey. El dragón cerró los ojos.

—¡POR FAVOR, Godfrey! —le suplicó Sam—. Pórtate bien, dragoncito. ¡Sal de ahí!

No hubo respuesta. Sam, agarrándose a la cuerda con una mano, estiró la otra hacia el dragón. Sus dedos tocaron algo muy distinto a las escamas que esperaba; fuera lo que fuera, tenía un tacto liso y parecido al papel.

«Vaya sitio para esconder algo —pensó—. ¡Llevará aquí una ETERNIDAD!». Tiró de aquella cosa con cuidado y la metió en la bolsa.

Escuchó un susurro de angustia por encima de su cabeza.

—¡Sam! ¡Acabo de ver a mi madre! ¡Lleva a los grifos de la correa y viene hacia aquí!

A Sam le dolían mucho los brazos, así que trepó con dificultad por la cuerda y pasó por encima del pretil del pozo.

—¡Oh, no! ¡Que no vea a Godfrey! —se lamentó Sam—. ¡Rápido! ¡Vamos a hacer como que jugamos! ¡Le acabo de decir al tío Archibald que estábamos jugando al escondite!

Prune no lo escuchaba, contemplaba cómo su madre avanzaba hacia el huerto, deseando que cambiase de dirección. La tía Egg dio dos o tres pasos y se detuvo. Tanto Sam como Prune contuvieron la respiración. Mientras, ella examinaba con un gesto de profunda desaprobación el barro que manchaba las patas de los grifos.

—¡Salmonetes saltarines! —exclamó—.
¿Las patas embarradas, amiguitos? ¡ES
INADMISIBLE! ¡De ningún modo!
Vamos, os arreglaré por última vez
antes de que mamá venga a recogeros.

Dio un silbido y azuzó a los dos
grifos hacia el patio.

—¡UF! —suspiró Sam, y se
apoyó en el pretil.

—¡Qué SUSTO! —Prune
también respiró aliviada—.
Hay que darse prisa.
Mi madre no tardará
en preguntar por
Godfrey.

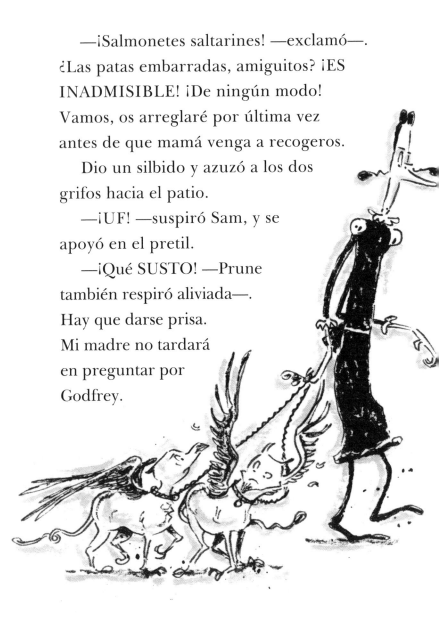

—No creo que pueda volver a bajar por esa cuerda —admitió Sam frotándose los brazos—. Siento que mis brazos se han estirado veinte metros. Te va a tocar probar a ti.

Prune se puso pálida y, por un momento, Sam pensó que iba a echarse a llorar.

—¿No puede bajar tu pájaro?

—¡CROOO! —chilló el pájaro garabato con todas las plumas de punta—. ¡CROOO!

—Supongo que no, pero... —Prune tragó saliva—. Yo no puedo hacerlo. No... no sé nadar.

Sam se inclinó hacia ella y le dio una palmadita en la mano.

—Bueno, yo aprendí el año pasado.

Prune le apartó la mano.

—Pues no pienses que eso te hace mejor que yo —respondió, aunque no parecía tan desagradable como era habitual en ella—. ¿Y ahora, qué?

—A lo mejor podríamos colgar la bolsa del extremo de la cuerda y bajarla —propuso Sam.

—¿Y cómo conseguiremos que Godfrey se suba? —preguntó Prune—. Parece que ni tú ni yo le caemos bien.

—Eso parece —admitió Sam rascándose una oreja. Y añadió en voz baja—: Creo que no debería haber dicho que no es muy listo. —Y esperó a que Prune lo culpase de todo, pero no fue así.

—A lo mejor no debería haberme reído de él —se limitó a añadir ella.

El pájaro garabato ladeó la cabeza.

—CRO, CRO, CRO. ¿CRO, CRO, CROOO?

Sam se levantó de un salto.

—¡PUES CLARO!

—exclamó, y se volvió hacia Prune—. ¿Has oído? ¡MERMELADA!

Prune estaba desconcertada.

—¿Mermelada?

—¿Es que no te acuerdas? ¡Godfrey se ha pasado el desayuno intentando comerse la mermelada del tío Archibald! ¿Dónde podemos conseguir un poco? —preguntó Sam, bailando de la emoción.

—¡En la cocina! —contestó Prune, y desapareció.

LA MERMELADA
MÁGICA

Mientras esperaba a que Prune volviese, Sam sacó la cuerda mojada del pozo y —con cierta dificultad— logró atarla a la bolsa. Entonces recordó que había guardado algo en su interior y lo sacó. Era un pergamino enrollado bastante estropeado; sobre todo después de que Godfrey lo aplastase y se embarrase. Sam empezó a desenrollarlo y una araña malhumorada huyó de él.

El pájaro garabato soltó un graznido de alegría y se lanzó en picado a por ella.

—CRO —comentó al terminar su inesperado tentempié—. CRO.

Sam ni se enteró; leía absorto una caligrafía apretada y torcida.

Saludos a todo aquel que desee convertirse en un auténtico noble caballero.

Por la presente, consignamos, en estricto orden, las misiones que han de realizarse para lograrlo.

Sam dejó de leer el pergamino. El corazón le latía desbocado.

—¡Las reglas! ¡Estas son las reglas a las que se refería el tío Archibald! ¡Las he encontrado! ¡Las he ENCONTRADO!

—¡Sam! ¡Sam! —Prune lo llamaba a gritos.

Al ver correr a su prima hacia él, lívida y con un

tarro de mermelada en las manos, se apresuró
a guardar el pergamino en el bolsillo.

—¡Ha sido HORRIBLE! —anunció,
jadeando—. He rodeado el castillo para
entrar a hurtadillas por la puerta de atrás
de la cocina, y, cuando iba a salir, mi madre
estaba allí plantada, hablando con esos
estúpidos grifos. He tenido que trepar
hasta la ventana de la despensa,
¡y la cocinera me ha visto!
No me soporta porque
a veces le robo galletas;
¡SEGURO que se lo
contará a mamá! Me
voy a meter en un buen
LÍO, y papá se llevará
a Weebles. ¡Y yo no
puedo VIVIR sin mi
querido Weebles!
—exclamó agitando
el tarro de mermelada
como una loca.

—¡Cuidado! —le advirtió Sam, pero ya era demasiado tarde…

Afortunadamente, el tarro cayó sobre el barro y no llegó a romperse. Sam lo recogió y lo limpió con su pañuelo.

—Tranquila —dijo con una seguridad que no sentía—. No vas a perder a tu poni. Vamos a ver qué le parece a Godfrey esto que le traes…

Abrió el tarro de mermelada y vertió parte del contenido en la bolsa. Luego, con mucho cuidado, la hizo descender hasta que llegó a la altura del escondite del dragón. Nada.

—Prune, ¿podrías dejar de sorber? —preguntó Sam—. No oigo a Godfrey.

—Yo NO sorbo —contestó Prune, indignada.

Sam se asomó al pozo. Era verdad. El ruido no procedía de ella… sino de Godfrey, que olisqueaba la bolsa. Sam vio asomar una pequeña nariz puntiaguda, a la que pronto siguió la cabeza.

—¡Mira! —susurró Sam.

Sin apenas atreverse a respirar, Sam y Prune vieron aparecer a Godfrey poco a poco. Después, se coló en la bolsa de un salto. Oyeron los ruidos de alguien que comía entusiasmado. Sam empezó a tirar de la cuerda con mucho cuidado hasta conseguir que la bolsa y su contenido —que no paraba de agitarse— descansasen sobre la hierba.

—Aquí está —anunció Sam, mientras le cedía a Prune la bolsa—. Llevémoslo al castillo.

Ella sostuvo con firmeza la bolsa y se lo colocó bajo el brazo.

—¡Bravo! ¡SABÍA que lo atraparía!

—¿Cómo? —preguntó Sam, dedicándole una mirada igualita a la de tía Eglantine.

—¿CROOO? —insistió el pájaro garabato. Prune dudó un momento.

—Vaaale. Lo HEMOS atrapado.

—¡Exacto! —contestó Sam—. Lo HEMOS atrapado.

—CROOO —añadió el pájaro garabato.

—Pero yo he conseguido la mermelada —recordó Prune mientras corrían bajo el arco y volvían al patio—. Y he sido yo quien...

—¡Cuidado! —exclamó Sam agarrándola del brazo. Un carruaje traqueteaba por la larga avenida arbolada que conducía al castillo—. ¡Viene alguien!

Se libraron por los pelos. Nada más doblar la esquina que los separaba de la puerta

principal, oyeron la voz atronadora de la tía
Egg y los aullidos emocionados de los grifos.

—¿Dónde está mi chico listo? Bueno,
mis dos chicos listos… ¿Habéis oído a mamá
llegar? ¡Vengo a recogeros!

Los aullidos aumentaron de volumen hasta
casi ahogar la voz de tía Egg. Acto seguido,
escucharon detenerse el carruaje.

—¡Entremos por la ventana de la despensa!
—ordenó Prune, y Sam y el pájaro garabato
obedecieron.

LA BUENA OBRA

La ventana seguía abierta. Sam entró el primero mientras Prune sostenía la bolsa verde. En cuanto estuvo en el interior, cogió a Godfrey para que pasase Prune. El último fue el pájaro garabato, que entró batiendo las alas. Prune cerró la ventana con bastante estrépito.

—¿Cuándo podemos dejar salir a Godfrey? —preguntó Sam mientras se arrastraban desde la despensa hasta la cocina del palacio—. Debe de estar echando humo o algo así: la bolsa empieza a calentarse de verdad.

—Espera un poco —pidió Prune—. Creo que a la señora Jug no le gustan los animales.

—¡Princesa Prunella! ¿QUÉ haces en MI cocina?

Sam se dio media vuelta. Era la primera vez que veía a la cocinera de la tía Egg. La cocinera del Castillo Butterbiggins era amiga suya y de sobra sabía que la cocina de un palacio era el reino particular de una cocinera.

—Lo lamento mucho, señora Jug —se apresuró a intervenir Sam—. Sé que no deberíamos estar aquí, pero mi prima me estaba enseñando el castillo —añadió extendiendo la mano—. ¿Qué tal? Soy Sam Butterbiggins. Espléndida cocina.

Aquello no impresionó a la señora Jug.

—Tienes mucha labia, ¿verdad, jovencito? Pues esta cocina que a ti te parece espléndida a mí me da mucha guerra. El horno se apagó anoche y no hay quien lo encienda. La leña está húmeda, no quedan ramas secas; la comida se servirá fría, y la merienda, y la cena. Y ya está.

Prune parecía indignada.

—¿Cena fría? ¡Puaj!

—¡No me hables así, princesa Prunella!
¡Te he visto antes, vaya que sí! Como siempre,

haciendo travesuras. ¡Robándome mi mejor mermelada casera! ¡Hasta aquí podíamos llegar! —Los ojos de la cocinera mostraron un brillo de satisfacción—. Tu mamá ya lo sabe, vaya que sí. ¡Esta vez te has metido en un BUEN lío!

A Sam empezaban a arderle los brazos. Entretanto, no dejaba de pensar. Le dio un codazo a Prune para evitar que respondiera y sonrió de oreja a oreja.

—Pero si hemos venido a ayudarla, señora Jug..., ¿verdad, Prune? Siento mucho lo de la mermelada, es que ¡la necesitábamos para Godfrey!

—¿Godfrey? —La señora Jug puso los brazos en jarras y los atravesó con la mirada—. ¿Y se puede saber qué es un Godfrey?

—Es un... es como... un encendedor.

Sam dejó la bolsa verde en el suelo y miró dentro. Un pequeño dragón pringoso le devolvió la mirada al tiempo que se relamía y soltaba anillos de humo.

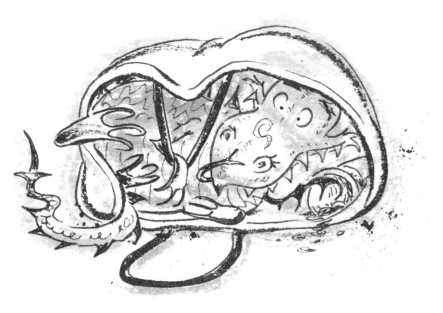

—Eso es, señora Jug —añadió Prune—. Es BUENÍSIMO haciendo anillos de humo.

Mientras Prune entretenía a la cocinera, Sam se puso en cuclillas y le susurró a Godfrey:

—¿Te gustaría desayunar mermelada todos los días?

Godfrey se quedó pensativo.

—Tanta como seas capaz de comer… —insistió Sam.

Godfrey ladeó la cabeza.

—¿Iiik?

—CROOO. ¡CRO, CRO, CROOO, CRO! —murmuró el pájaro garabato.

Sam se puso en pie.

—Señora Jug…, Godfrey encenderá el horno si le da un poco más de su mermelada casera especial.

La cocinera comenzó a relajarse.

—Siempre he dicho que mi mermelada es insuperable. Si vuestro Godfrey puede encender el horno, de lo cual tengo mis dudas, puesto que yo no he

conseguido prender ni una chispa, tendrá
toda la mermelada que quiera.

Sam abrió la bolsa.

—¡Vamos, Godfrey!

El pequeño dragón salió de la bolsa dando un
coletazo y se acercó al antiguo horno. Exhaló
un par de anillos de humo y, a continuación,
lanzó una llamarada. Las ramas se prendieron
alegremente.

—Iiik —se escuchó al dragón, y se hizo
un ovillo sobre la alfombra que había ante la
chimenea.

—¡Será posible! —exclamó la señora Jug—.
Pero, pero, pero ¡será posible! ¡Este sí que es
un animal ÚTIL, no como los grifos esos! Este
se queda, ¿verdad?

Antes de que Prune o Sam pudieran
explicarle que Godfrey solo era un residente
temporal, la puerta de la cocina
se abrió de un portazo y
la tía Egg entró a grandes
zancadas, seguida por el
tío Archibald.

—¡PRUNELLA!
—bramó la tía Egg—.
¡La señora Jug dice
que has estado robando
mermelada! ¿Cómo te
ATREVES?

Sam se irguió y
respiró hondo.

—Prune no
estaba robando, tía
Egg —comenzó a

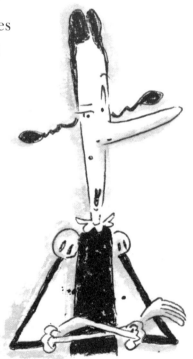

defenderla, pero no pudo terminar. La señora Jug rodeó a Prune con un brazo.

—Al parecer, estaba equivocada. Debo pedirle perdón. Por una vez, la princesa intentaba ayudar —aseguró, al tiempo que asentía mirando a Sam—. Ella y este muchachito han conseguido encender el horno. Han traído un pequeño dragón y, como podrá ver, ha logrado que se ponga en funcionamiento.

La tía Egg miró a Prune, luego a Sam y finalmente a Godfrey, que lamía la mermelada de sus garras con satisfacción.

—¡Madre mía! —exclamó, y se sentó a la mesa de la cocina—. ¡Será posible!

El tío Archibald arqueó una ceja inquisitivamente.

—¿Eso significa que vamos a comer caliente, señora Jug?

—Puede estar seguro, excelencia. Y, si me permiten el atrevimiento, ¡me gustaría que despejasen la cocina para ponerme manos a la obra!

La señora Jug sacó una cacerola y la tía Egg se levantó rápidamente.

—Faltaría más —contestó—. ¡Prunella! ¡Sam! Coged a Godfrey y dejad en paz a la señora Jug.

La señora Jug negó con la cabeza.

—No os llevéis al pequeño. Ya lo vigilo yo. —Abrió un tarro de mermelada y sirvió una buena cantidad en un plato—. Se merece un festín.

La tía Egg abrió la boca dispuesta a protestar, pero lo pensó mejor.

—Parece que aquí está muy contento —afirmó—. Además, creo que nunca aprenderá a comportarse en la mesa como un dragón respetable. —Volviéndose hacia Prune y Sam, añadió—: ¿Se puede saber qué habéis estado haciendo? ¡Está cubierto de barro!

—Han estado jugando a los caballeros —contestó el tío Archibald—. Déjalos en paz, Egg. Han cuidado bien de Godfrey, y yo diría que han hecho una buena obra, una MUY

buena obra. ¡No sé tú, pero yo estoy deseando comer caliente!

Dicho esto, el tío Archibald tomó a la tía Egg del brazo y se la llevó hacia la puerta. Justo antes de salir, le guiñó un ojo a Sam, y este sonrió.

Prune resopló.

—¿Y tú por qué sonríes, Sam el plasta?

—Por nada —contestó Sam.

—¿Os vais, o me obligaréis a echaros? —preguntó la señora Jug, levantando la cacerola.

—Nos vamos, nos vamos, señora Jug —dijo Sam. Y salieron a toda prisa de la cocina.

UN FIEL COMPAÑERO

Mientras Sam y Prune avanzaban por el pasillo, Sam se llevó la mano al bolsillo para comprobar que su valioso pergamino estaba a salvo. El pergamino crujió y, sin pensar lo que hacía, lo acarició con cariño.

Prune se detuvo.

—¿Qué llevas ahí? —preguntó—. ¿Y qué ha querido decir papá con eso de que estábamos jugando a los caballeros?

Sam, muy a su pesar, se dio cuenta de que estaba poniéndose colorado.

—Nada —contestó.

—¡Seguro! —dijo Prune mirándolo fijamente—. Papá te ha guiñado un ojo.

Lo he visto. ¿Qué estás maquinando? —insistió, acercándose más a él—. ¿Es algún juego?

—¡No! —exclamó Sam, negando con la cabeza—. Claro que no.

—¡Ja! ¡SABÍA que tramabas algo! —Prune sonrió triunfal—. ¿Me lo contarás si prometo no llamarte Sam el plasta?

Sam contempló a su prima, pensativo. Ella sí que era una plasta y una maleducada, pero habían rescatado a Godfrey  los dos juntos. Le sorprendió descubrir que, en parte, la compadecía. Lo que estaba claro es que no debía de ser fácil vivir con la tía Egg. Sam dejó escapar un suspiro.

—VALE. He encontrado algo en el pozo. Es un pergamino con una lista de todas las cosas que hay que hacer para convertirse en caballero. ¡Y yo quiero ser un noble caballero CON TODAS MIS FUERZAS!

Sam dejó de hablar y esperó a que Prune se burlase o lo mirase con sorna, pero no. En su cara se dibujó una amplia sonrisa.

—¿Un caballero? —preguntó—. ¡YUPIII! ¡Vamos a convertirnos en caballeros!

Sam se quedó perplejo. Aquello sí que le pillaba por sorpresa.

—Eh…

—¿Dónde está el pergamino? ¡Echémosle un vistazo! —exclamó Prune, dando saltos de emoción.

Incapaz de pensar en qué otra cosa podía hacer, Sam sacó el pergamino del bolsillo. Prune parecía impresionada.

—¡Tiene pinta de ser muy ANTIGUO! ¡Iremos a la biblioteca! Allí lo examinaremos mejor.

Echó a correr y Sam la siguió sin dejar de darle vueltas a la cabeza. ¿Acaso pensaba Prune que ella también podría convertirse en caballero? ¿Las chicas podían armarse caballeros? Miró al pájaro garabato, posado en su hombro.

—¿Tú qué opinas, Dandy? ¿Las chicas pueden ser caballeros?

El pájaro garabato se rascó la cabeza.

—CROOO.

—¿No lo sabes? Pues yo tampoco —contestó Sam algo desconcertado.

La biblioteca estaba vacía.

Prune se dejó caer sobre una silla y se quedó mirando a Sam con expectación.

—Bueno, ¿qué pone? ¿Qué es lo primero que tenemos que hacer?

Sam desplegó el pergamino con mucho cuidado. Estaba caliente y, para su sorpresa, las palabras habían adquirido un tono dorado brillante.

Saludos a todo aquel que desee convertirse en un auténtico noble caballero. Por la presente, consignamos, en estricto orden, las misiones que han de realizarse para lograrlo.

—¡Menudo rollo! ¡Ve a la parte interesante!
—le ordenó Prune.

Sam frunció el ceño y se puso a leer la
siguiente frase.

Primera misión: Encuentra un fiel compañero.

—¡Justo lo que me dijo tu padre!

—¿Mi padre? ¿Se lo has contado a mi padre?
—preguntó Prune.

—Lo del pergamino, no. De eso no sabe nada
—explicó Sam—. Pero le comenté que quería
ser caballero, y él me explicó que había reglas;
aunque esta es la única que recordaba.

—Pues ¡primera noticia que tengo de que mi
padre sabe algo sobre eso! —reconoció Prune,
pensativa—. NUNCA le he oído hablar sobre
caballeros.

Sam le sonrió.

—Es que no creo que a tu madre le guste que
hable de ello.

Prune se echó a reír y dijo:

—¡Pensemos en el FUTURO, querido Archie!

—Se te da muy bien
imitar voces —alabó Sam
con admiración.

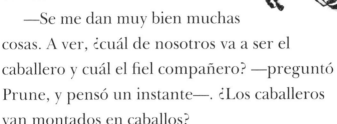

—Se me dan muy bien muchas
cosas. A ver, ¿cuál de nosotros va a ser el
caballero y cuál el fiel compañero? —preguntó
Prune, y pensó un instante—. ¿Los caballeros
van montados en caballos?

Sam intentaba por todos los medios mantener
la calma, pero empezaba a sentir cómo se le
revolvía el estómago. Prune ya contaba con un
poni y él no.

—Eh… sí.

—¿Van montados en ponis pequeños y
marrones llamados Weebles? —preguntó Prune
con cara de estar reflexionando.

—Más bien van en corceles blancos como la
nieve —contestó Sam.

—Entonces, ¡decidido! —sentenció Prune,
y se arrellanó en el asiento con cara de haber

tomado una decisión importante—. Tú serás el caballero y yo la fiel compañera. ¿Qué más?

Sam, muy contento, cogió el pergamino y se quedó mirándolo.

—¡Está en blanco!

—¿En blanco? —Prune se levantó con dificultad de la silla y se acercó para echarle un vistazo—. ¡Oh! ¡Vaya porquería!

El pájaro garabato ladeó la cabeza.

—¡CRO, CRO, CROOO!

—¿Qué ha dicho? —preguntó Prune.

—Que es mágico. ¡Mira! ¡Ahí hay algo más escrito!

Poco a poco iban apareciendo unas palabras resplandecientes. Prune se asomó por encima del hombro de Sam.

—«Un caballero en ciernes es paciente» —leyó, soltó un resoplido y le aclaró a Prune—: se refiere a los aprendices de caballero, como nosotros. ¡Y yo no soporto ser paciente!

—Continuó— «… es paciente y solo puede realizar una misión al día». —Vaya, hombre. Me temo que nos toca esperar hasta mañana —concluyó Sam.

Prune volvió a resoplar.

—Supongo que sí.

talán talán,
¡¡¡Talán talán, talán talán!!!

Era la campana de la comida. Prune se quedó inmóvil.

—¿Qué pasa? —preguntó Sam.

—Estaba pensando —contestó—. Nunca he sido la fiel compañera de nadie. Podría estar BIEN.

—Claro que sí —dijo Sam—. ¡Ojalá llegue pronto mañana!

—¡Estoy MUERTA DE HAMBRE! ¡Me llega el olorcillo a estofado hasta aquí! ¡Estofado CALIENTE! ¡Vamos! —Prune echó a correr hacia la puerta.

Y así, Sam J. Butterbiggins, aprendiz de caballero, siguió a su fiel compañera al comedor.

¡JAMÁS hubiese imaginado que llegaría a ser un AUTÉNTICO aprendiz de caballero! ¡Pero ahora lo soy! ¡Y ya he empezado con las misiones!

He escondido el pergamino en mi habitación. Prune está convencida de que es lo mejor. Dice que no cree que a la tía Egg le haga mucha gracia que sea un caballero. Tiene razón.

La tía Egg y el tío Archibald estaban MUY contentos después de comer caliente, pero se han llenado tanto que han pasado la tarde entera durmiendo; y a Prune y a mí nos ha tocado jugar a la oca sin molestar. Ha hecho trampa tres veces. Un fiel compañero NUNCA hace trampa, pero cuando se lo he soltado, me ha lanzado un cojín.

¡Estoy deseando que llegue mañana!